LES CARABINADES

CONTES ET NOUVELLES

Ernest Choquette

Edition : Culturea (culurea.fr), 34 Hérault
Contact : infos@culturea.fr
Impression : BOD, Norderstedt (Allemagne)
ISBN : 9791041973644
Date de publication : juillet 2023
Mise en page et maquettage : https://reedsy.com/
Cet ouvrage a été composé avec la police Bauer Bodoni

Le lit no. 38

Je l'avais d'abord connue sur la rue.

Dans mes courses de tous les jours j'avais remarqué son petit air lutin qui indiquait je ne sais quoi, et qui vous faisait malgré vous tourner la tête.

Elle était alors bien gaie et bien jolie.

Presque toujours seule, on la voyait regarder fiévreusement aux vitrines les colifichets, les rubans, tous ces petits riens qui plaisent tant aux femmes.

Et, depuis deux à trois mois, je ne l'avais point revue. - Était-elle malade ? disparue, envolée ?

Je ne savais - je l'avais oubliée.

Or, un bon jour, à l'hôpital, - avec cette tête insouciante que vous fait fatalement cette revue journalière de malades, sans autre intérêt que celui de vos études, - je suivais le chef de clinique qui expliquait, commentait les différents cas qui défilaient sous nos yeux.

Tout à coup, nous étions au no. 38, j'entends à coté de moi une petite toux creuse, étouffée, de femme qui s'en va de la poitrine - je regarde - c'était elle.

Elle au no. 38, salle Sainte-Marie.

C'était encore la même ; c'était le même air mutin, la même petite moue qui m'avait si fortement intrigué autrefois ; toujours les mêmes grands yeux noirs, un peu plus bistrés mais encore railleurs ; le nez un peu plus pincé, les dents toujours blanches, nacrées, rendues légèrement saillantes par cette minceur de lèvres qu'entraîne la phtisie.

Le diagnostic était facile ; et nous, les anciens qui nous y connaissions, en se poussant du coude, indiquions assez clairement qu'il y avait une victime là.

Le médecin fit l'interrogatoire.

Oh ! cet interrogatoire, comme il est autrement incriminant que celui du juge d'instruction et comme nous aurions voulu, par pitié pour elle, lui souffler les réponses à faire, l'empêcher de se trop compromettre, comme l'accusé que l'on voit tisser bêtement de lui-même le réseau de preuves qui le fera condamner tout à l'heure.

Mais non, elle répondait toujours, innocemment. Ce ne fut pas long ; à chaque question, la réponse arrivait terrible, comme si cette pauvre jeune femme s'eût voulu porter elle-même son arrêt de mort.

Tous les symptômes y étaient ; et elle ne paraissait pas se douter, dans sa naïveté, qu'elle put être malade au point d'être exposée à mourir à l'hôpital.

Mais quand s'informant du côté de l'hérédité, le docteur lui demanda :

– Votre père est-il mort de consomption ? votre mère ?

Elle eut une expression de figure si étrange qu'on crut qu'elle avait tout deviné ; mais non, il reste toujours l'espérance, et on le vit bien quand on l'entendit répondre, avec deux larmes dans les yeux :

– Non pas, non pas, il n'y a point de consomption dans ma famille. Ah ! si, peut-être mon père mais pourtant, ce n'est point de consomption... il était soldat, et il est mort après la guerre de 1870 ; il avait contracté ça, là, dans les camps, à travers la boue et les pluies. C'était un homme fort, très fort.

Si vous aviez entendu ces paroles brèves, saccadées, cet accent français.

Vous comprenez, c'était encore plus navrant, cette femme seule, à mille lieues de sa patrie et de sa famille, dans un lit d'hôpital numéroté, ayant à ses côtés les cris de la souffrance, et à sa tête, sa carte d'entrée posée comme une épitaphe hâtive avec son nom dessus et celui de sa maladie.

Elle s'appelait Mme de Madières ; aussi il fallait ne lui avoir parlé qu'une fois pour savoir qu'elle était réellement noble, de caractère au moins.

L'intérêt que chacun de nous lui portait nous fit bientôt apprendre son histoire.

Elle était bien simple, cette histoire.

Le cœur chez elle avait tué la raison, et elle s'était envolée au delà de l'Atlantique avec un de ces hommes qui endeuillent toujours les foyers où ils vont s'asseoir.

À Montréal, il courut les bals, les guinguettes, jetant les écus par les fenêtres, passant pour se ruiner à New-York quand il se ruinait ici, de sorte qu'au bout d'une année ils étaient tous deux sans le sou.

Un homme vivote toujours, mais pour une femme c'est autre chose.

Déjà, d'ailleurs, la maladie venait s'ajouter à son chagrin et à ses remords, et il ne lui resta bientôt plus qu'une suprême alternative : l'hôpital.

Elle alla donc à l'hôpital et c'est là, qu'après l'avoir connue heureuse, fêtée, le sourire aux lèvres, je la vis demander en vain à l'art et à la charité le retour de ses heures de bonheur et de gaieté d'autrefois.

Tout échoua.

Dans un travail de termite rongeant l'idole, la phtisie incessante s'acharna à ronger cette poitrine de Française, notre sœur d'il y a un siècle.

Eut-elle, dans ses longues nuits d'insomnie et de fièvre, conscience un instant de la gravité de son état ? Je ne le crois pas... Non, pas même en ce jour d'ennui et de noire tristesse où elle m'avait longuement raconté son enfance, sa jeunesse, ses amours fous, toute sa vie, toutes les choses de sa famille et de son coin de pays si loin.

Elle voulait encore me retenir auprès d'elle, à côté de son lit, pour me dire comme elles étaient jolies les collines et les prairies de là-bas, comme les genêts sentaient bon... Ah ! on n'en avait pas ici de vignes et de lilas comme les siens ! Puis cette petite avenue discrète qu'elle me dépeignit ; au pied, les sables dorés de la grève, en face, la métairie de son père, aux alentours, des alignements de platanes, les enseignes des cabarets, les nombreux clochers qu'elle voyait de loin, puis encore la grande route communale conduisant à Nantes !

Tout ça décrit avec l'éclair triste remonté dans le regard de tous les tendres et naïfs souvenirs qu'elle évoquait, décrit avec une vérité si intense... oh ! si intense et si vivante que je le reconnaîtrais tout de suite, son hameau d'Aigrefeuilles, s'il m'était donné de l'entrevoir ! Puis son frère Jacques, soldat, sa petite sœur Cécile – si belle celle-là – qui riait toujours, qui aimait tant les marrons cuits sous la cendre...

Comme elle avait hâte de les embrasser ! car elle s'en

retournerait si seulement cette mauvaise fièvre pouvait finir à la fin... Et en me disant ça, elle me regardait toujours avec un air de me demander ce que j'en pensais.

Ce que j'en pensais... Je ne le lui dis jamais.

Au contraire, je l'aidais de mon mieux à dorer ses rêves et ses illusions, lui faisant espérer la santé prochaine, si peu de fièvre, presque plus, quand mon thermomètre indiquait toujours 102°, 103°... et elle, la pauvre, toujours prête à me croire, à me dire qu'elle se sentait mieux, plus forte.

L'expectoration et la cachexie augmentaient ainsi que la maigreur ; ça ne pouvait pas durer longtemps.

Or un matin d'un lundi de mars, en jetant les yeux dans ce coin de salle, au no. 38, où je la voyais ordinairement se soulever du coude pour tousser plus à l'aise, j'eus froid au cœur – le lit était vide.

On avait déjà changé les oreillers, le couvre-lit, enlevé les potions, les débris d'écorces d'orange toujours déposés sur son étroit guéridon ! Plus rien ne restait d'elle, ni ne la rappelait, jusqu'à sa carte d'admission arrachée aussi de la muraille blanche.

L'interne de service me dit qu'elle était morte la veille, à onze heures, sans effort, comme un oiseau qui cache sa tête sous son aile. Quelqu'un était venu l'enlever, il ignorait qui, peut-être son mari ? – un étranger ? peut-être pour l'amphithéâtre de dissection ? – il ne le savait pas.

Et pourtant c'était vrai qu'on était venu l'enlever : les funérailles avaient été bien tristes ; quatre planches, huit clous, le premier fiacre qui passa servit de corbillard et ce fut tout.

Deux jours après je rencontrai un étudiant de quatrième.

– Tiens, me dit-il, tu sais Mme de Madières, la jolie petite blonde du no. 38, une Française, elle est à la salle de dissection... J'ai fait l'opération de la cataracte sur elle – j'ai bien réussi ? j'ai suivi le procédé de Graeffe.

... Voici le cristallin...

Je ne pus que répondre : – Pauvre femme ! et je fus dix jours sans retourner à l'Amphithéâtre.

... Il y a déjà longtemps de ça, mais comme j'y pense souvent encore à ce Jacques, soldat, à cette petite Cécile, grande maintenant sans doute, qu'elle désirait tant revoir et avec qui il me ferait si plaisir de pleurer en leur racontant cette triste page qu'ils n'ont probablement jamais connue dans leur lointain pays de France.

Ils étaient cinq

Ils étaient cinq, cinq bons carabins à l'allure goguenarde et décidée, entrés un soir dans un café du faubourg Saint-Jean.

Ils y étaient entrés parce qu'ils avaient soif, qu'il y avait de jolies annonces de lager mousseux collées aux fenêtres, que tout semblait calme au dedans, que la cabaretière paraissait s'ennuyer, accoudée à son comptoir à regarder deux clients qui jouaient tranquillement aux dominos sans rien dire.

Mais en entrant tout ce calme s'évanouit ; et ce fut aussitôt un frissonnement, un bruissement d'ailes. Les mouches, endormies elles aussi au cliquetis des dominos, s'étaient soudainement réveillées... et comme il y en avait des mouches. Il en jaillissait de partout, des plafonds, des coins de solives, de derrière les armoires et les rideaux verts, de dessous le comptoir et les tables. Comme il y en avait.

... Ils étaient cinq, entrés dans ce café parce qu'ils avaient soif... ils demandèrent cinq lager.

La cabaretière disposa les bocks en ligne sur le comptoir, sous la lumière des becs de gaz.

Mais Jacques Normand, remarquant les nombreux pointillés que les mouches avaient faits sur le verre :

– Holà ! l'hôtesse, débitante de méthyle à 50°, pourquoi ne désinfectez-vous pas ces cônes évidés de silicate de plomb que vous nous offrez d'introduire entre nos muqueuses labiales ? Tenez, ne voyez-vous pas les déchets excrémentiels que les mouches – *museae*, en latin – y ont partout déposés de leurs minuscules sphincters anaux ?

– En effet, continua Rodolphe Benoit, plongez-moi ça dans quelques cents drachmes d'« aqua pura » – HO ancienne formule, H_20 formule moderne adoptée d'après la nomenclature atomique, et faites disparaître aussi ces foyers de microbes laissés par le tissu épithélial de vos extrémités digitales.

L'hôtesse, sans bouger, se demandant si elle n'avait pas affaire à un détachement en fuite de pensionnaires de Beauport, ouvrit des grands yeux mystifiés.

– Pourquoi, reprit-il, cette dilatation de pupille, cette contraction spasmodique de muscles palpébraux qui donne à vos globes oculaires une apparence de strabisme externe ? Il faut avoir souffert, étant jeune, d'une méningo-encéphalite-intersticielle-chronique-diffuse compliquée d'attaques épileptiformes à caractère clonique, pour ne pas comprendre ! sacrédié ! je vous dis de laver vos verres.

– Ah ! soupira longuement la femme de comptoir, en allant en hâte rincer ses bocks sous le filet d'eau d'un robinet et en les rapportant bientôt nets et luisants : – Et puis c'est du lager que vous désirez ?...

– Ita... oui, traduisirent les cinq carabins, à l'allure goguenarde et décidée, entrés dans ce sale cabaret parce qu'ils avaient soif.

Elle se mit en frais de remplir les verres.

– Suffit ! Rien qu'un hémistiche ! rien qu'un hémistiche, vous dis-je, et Gaston Smith s'empara de son verre à moitié plein.

– Vous allez trouver ça drôle, se décida à la fin la patronne, les rasades vidées, mais je ne vous comprends pas... Il y a des fois il me semble que vous parlez français, puis ensuite, on dirait... De quelle nation êtes-vous donc ?...

– Nous ? répliqua Henri Béique, mais nous sommes des produits indigènes authentiques, tel qu'attesté aux registres de l'état civil... Toute la quintette ici présente a fait éclosion à divers points de l'immense formation paléozoïque s'étendant depuis les chaînes granitiques des Laurentides jusqu'à la ligne quarante-cinquième.

– Et qu'êtes-vous venus faire de si loin ?

– Faire des études pathologiques, histologiques, hydrothérapiques, somatologiques, suivant le système de la thérapeutique allopathe.

Les joueurs de domino avaient interrompu leur partie.

– Mais, est-ce que vous ne pourriez pas, madame, demanda Arthur Pagé, nous offrir quelques-uns de ces petits cylindres confectionnés avec les feuilles de la plante – famille des solanées vireuses – dont l'alcaloïde, la nicotine, produit un effet si agréable malgré son action narcotico-âcre ?... Veuillez donc, madame l'amphitryon.

– Vous n'êtes que des polissons, s'exclama-t-elle, dans un bond de colère.

La patronne, le regard en feu, était subitement devenue une mégère :

- L'amphitryon, moi ?... Peut-on insulter une femme de la sorte !.. l'amphitryon...

- Mais, madame, réclama Gaston.

- Oui. vous n'êtes que cinq polissons...

Pourtant non, ils n'étaient que cinq carabins, à l'allure décidée et goguenarde, entrés par hasard dans ce cabaret inconnu parce qu'ils avaient soif...

Ils se tournèrent vers les deux joueurs, muets et immobiles maintenant, et en les regardant d'une manière indifférente, Arthur Pagé reprit :

- Franchement, ça dénote un ramollissement cérébral absolu cette manie d'ajuster l'un contre l'autre, pendant des heures, ces insignifiants parallélépipèdes pigmentés à la face d'énormes comédons... Puis s'adressant tout à coup directement aux joueurs :

- Dites-donc, vrai, vous autres, est-ce que ça ne dénote point du démollissement cérébral... ?

- Vous demandez ?... interrogea l'un d'eux, avec un mouvement ahuri de mains et d'épaules levées.

- Vous aimez ça sans doute, le domino, continua-t-il aimablement, dans une transition brusque d'humeur,... c'est si charmant...

- Ah ! c'est ce que vous disiez... Bien oui, de temps en temps, le soir, on en joue une pour s'amuser, pour passer le temps... Des fois, quand Eustache et Hyppolite viennent, nous jouons à quatre, c'est beaucoup plus gai...

- Et puis, vraiment, vous ne ressentez pas de céphalalgie, de vertiges, d'attaques d'aphasie, de fourmillements, de somnolences, de périodes de dépression intellectuelle ou de divagation... aucun de ces symptômes de ramollissement très prochain ?...

- Comment ?... allait-il demander de nouveau... Mais l'autre joueur, son ami, l'interrompant, l'air furieux : Ne leur réponds donc pas ; tu vois bien qu'ils ne savent ce qu'ils disent.

Mais les carabins étaient cinq, eux, cinq bons zigues à l'allure goguenarde et décidée, entrés dans ce café parce qu'ils avaient soif ; de sorte qu'ils n'eurent point peur. Ils continuèrent :

- La pathologie interne nous apprend que le ramollissement s'accompagne ordinairement d'athérome artériel, de dégénérescence graisseuse et que...

- Voulez-vous bien vous taire ?... et en même temps le joueur, enragé, campé en pose de boxeur, avait brandi son bras tendu en provocation vers les étudiants.

- Hourrah ! !.., hourrah ! ! !... s'exclama tout à coup Jacques Normand, en sautant comme un fou... Une présentation du bras... c'est une présentation du bras, une vraie, vous dis-je, mes amis... Attendez un peu, s'il vous plaît, vous, le joueur de domino, je vais consulter mes confrères.

Alors, se tournant vers eux, sérieusement :

- Comme vous le voyez, c'est une présentation du bras bien facile à diagnostiquer... Dans ces cas, Pajot, Lusk, Thomas, tous les professeurs conseillent la version podalique immédiate ; ainsi je ne vois pas pourquoi...

- Oui.. oui, la version... la version,... hurlèrent en complet accord les cinq carabins à l'allure goguenarde et décidée.

... Et c'est qu'ils la pratiquèrent, les malheureux, leur première version podalique... En un clin d'œil, ils empoignèrent mon gaillard par les jambes - son ami, qui prévoyait une bagarre, avait enfilé la porte - ils le roulèrent par terre, malgré ses beuglements féroces et ceux non moins féroces de la patronne jaune de derrière son comptoir, le ligotèrent et le suspendirent les pieds en haut, en manière de saint Pierre, au fer solide de la conduite de gaz.

Ensuite, ils expliquèrent scientifiquement à l'hôtesse, comme sur un sujet d'hôpital, la manière de pratiquer la respiration artificielle, - système Sylvester, système Margendie - les tractions rythmées de la langue, les insufflations d'air, les frictions sèches... puis après ces conseils, militairement : « by the right » - ils appartenaient au neuvième bataillon - ils s'en allèrent...

... Ils étaient cinq, cinq bons carabins à l'allure goguenarde et décidée.

Les Sauvages

Lorsque ma petite Pomponne, le soir de sa première leçon, parcourut les baroques illustrations de la géographie des Frères, ce furent « les sauvages » avec leurs grandes plumes plantées en faisceaux sur la tête, leurs tomahawks menaçants, qui l'amusèrent le plus.

Et tout en les examinant avec intérêt sur toutes les faces, elle commença auprès de sa mère une série de questions minutieuses et serrées de force à confondre la sophistique la plus jésuitique :

– C'est des sauvages ça ?

– Oui.

– Les sauvages qui battent les mères ?...

– Oui.

– Et qui apportent les petits enfants ?

– Justement.

– Où est-ce qu'ils les prennent donc, ces petits enfants ?

– Dans les bois... les montagnes... bien loin.

– Qui est-ce qui les met là ?

– Là ?... D'autres sauvages... plus vieux... je pense...

– Et où les prennent-ils, eux, ces vieux sauvages ?...

– Ah ! bien... Tiens, tu m'ennuies avec tes questions.

– Avec quoi les font-ils ?

– Avec du miel, du sucre et des écorces d'orange.

– Vrai ?... C'est pour ça que petit Claude aime tant encore à se barbouiller de sucre, hein ?... C'est drôle... Puis ils les apportent... . Comment les apportent-ils ?...

– Dans de grands paniers.

– En as-tu déjà vu, toi, des sauvages ?

– Oui... Bon, je ne te réponds plus.

– C'est pour se battre contre eux qu'on vient chercher « son père », la nuit ?...

- Oui, justement.

Et déjà de mon bureau j'entendais la voix de Pomponne qui m'interpellait :

- Est-ce vrai, son père ?

- Mais oui, sans doute.

- Et ils ne te font jamais bobo, à toi ?

- Oh ! non, va... Je te les tape, moi, les sauvages... bing... bang... sur les yeux, sur la tête... Ils filent, je t'assure... quand ils me voient.

Pomponne était maintenant venue me rejoindre avec des grands yeux éblouis, sa géographie à la main.

- Ils ont des belles plumes comme ça sur la tête ?

- Oui, absolument comme ça... mais rien que les vieux sauvages mauvais, par exemple... L'autre nuit, il y en avait un qui ne voulait point s'en aller, alors je te l'attrape par ses plumes et crac je les lui arrache toutes... si tu penses qu'il ne criait pas.

- Oh ! pourquoi que tu ne me les as pas apportées ?

- Je n'y ai point pensé... car, sans ça...

- Qu'est-ce que tu en as fait ?...

- Je les ai jetées dans le chemin... près de la maison.... là-bas.

- Dis-donc, son père, tu les apporteras une autre fois, hein, veux-tu ?

- Oui, sois certaine.

- C'est bon, me lança Pomponne enthousiasmée, et elle retourna toute fière reprendre ses études.

Parmi nos robustes et hospitalières populations campagnardes, « les sauvages » viennent souvent faire des excursions, quelque fois nuitamment, quelquefois hardiment au grand soleil !

Je crois même qu'il en existe tout un campement, parfaitement au courant des êtres, embusqué en permanence quelque part, dans une certaine anfractuosité caverneuse de ma montagne, car l'autre dimanche, ces effrontés-là ont poussé l'audace jusqu'à descendre au village, en pleine foule attroupée pour la messe, et se sont introduits sans façon chez mon voisin Lanctôt.

Je fus vite averti de l'événement.

... Oh ! mes amis, quels fameux lâches que ces sauvages ! et comme ils savent bien toujours ne s'attaquer qu'à de pauvres femmes inoffensives... car ça ne me prit pas un quart d'heure, ma foi, pour les faire déguerpir, tout penauds, à travers les champs d'avoine et les vergers.

À mon retour, Pomponne, qui me guettait, me demanda d'un air curieux : – Ils ne t'ont pas fait bobo, n'est-ce pas, son père ?

– Non, va, repris-je : ils se sont enfuis tout de suite.

Mais voilà qu'au bout de quelques instants je vois accourir sous ma fenêtre une, deux, trois, quatre, cinq petites filles, avec Pomponne au milieu, en train de donner des explications terribles à en juger par leurs regards épouvantés et leurs mines anxieuses.

Et en tourbillon elles se précipitèrent vers moi. Elles venaient me faire voir les plumes que les sauvages avaient perdues dans la bagarre chez Lanctôt et qu'elles avaient trouvées dans le jardin... Des véritables plumes en effet... Qui est-ce qui se serait jamais imaginé ça ? Et la leçon de géographie de l'autre jour me revient aussitôt à l'esprit.

Les chères petites s'attendrissaient presque sur la douleur qu'ils avaient dû éprouver, ces pauvres sauvages – pensez-donc – à se sentir tirer ça de la tête, et elles mesuraient du doigt la longueur du tuyau des plumes.

Elles étaient d'abord allées les montrer, en grande hâte, aux bonnes sœurs, leurs maîtresses de couvent... Oh ! ce qu'elles avaient ri, ri, paraît-il, celles-là... surtout la petite sœur Pétronille.

De même, au retour, le long de la rue, de porte en porte, chacun s'empressait de les attaquer en souriant singulièrement... Il n'y avait pourtant rien de si drôle, voyons...

Jusqu'à l'abbé Grégoire qui les avait observées par-dessus la clôture du cimetière et qui était venu gentiment s'informer, n'est-ce pas ?

Mais lui n'avait point ri ; il s'était contenté de bigler aussitôt pudiquement à droite et à gauche, presque fâché.

Sapristi d'un nom ! jamais je croirai qu'il ne s'était pas aperçu que c'étaient des plumes de dindes !

Mais oui, les plumes de la dinde que les domestiques de Lanctôt venaient de sacrifier aux préparatifs du dîner du baptême...

... C'est vrai qu'il n'avait pas été invité, aussi, le pauvre homme.

Le Docteur Santa Claus

C'était une veille de jour de l'an et il neigeait.

Il tombait une de ces neiges à gros flocons, calme, reposée, douce, tranquille, descendant comme un pardon des infinis d'opale pour effacer chaque souillure, chaque tache sombre de la nature, en cette fin d'année qui s'en allait. Je n'avais vu cette neige que dans les tableaux jusque-là. Et comme on pare les morts pour les porter au tombeau, l'année mourante se purifiait dans ce virginal linceul.

... Une neige à gros flocons de cristal... exprès pour le père Nicholas... Allait-il s'en donner ?

– Mais on frappe à ma porte... qui donc, si discrètement ? Vraiment peut-il y avoir encore des pleurs dans quelque foyer ?... de la souffrance quelque part, en ce joyeux soir ?...

Une pauvre femme entra, une vieille grand'mère de soixante-quinze ans, également couronnée de neige et de cheveux blancs, qui tout de suite s'affaissa sur une chaise, la gorge oppressée et haletante. Elle retenait encore dans ses cils des larmes congelées en route.

Elle était descendue à pied, à travers champs, par un chemin de raccourci sous les pommiers et les grands érables morts. Il n'y avait que pour ses enfants que l'on pouvait, à son âge, se décider à marcher si loin.

Et maintenant, gênée, elle n'osait plus m'annoncer le but de son voyage. Car elle savait bien que j'avais longtemps soigné son mari, sa fille, sans jamais rien recevoir en retour et voilà qu'elle revenait encore ; pour son petit-fils, cette fois. Mais pour calmer un petit-fils souffrant, à quelle rebuffade ne s'exposerait-on pas ?

Ah ! oui, parle donc, vieille grand'mère, toi qui hésites, qui prends des détours pour me préparer à ce que tu vas me demander, parle donc ; je le sais bien que tu es pauvre, que tu es bonne et honnête, que surtout tu aimes bien tes petits-fils... Il n'y a d'ailleurs rien à ton adresse dans mes comptes. Et c'est moi qui ai honte de voir une misérable grand'mère, si dévouée, si douce et si vieille, si pleine de cœur, m'aborder avec défiance comme quelqu'un qui n'en aurait point de cœur, lui.

– C'est ton petit-fils qui est malade ?...

– Oui, bien malade tout à coup, à propos de rien... Il était cependant allé à l'école, comme à l'ordinaire, mais au retour... une fièvre, des rêves en sursaut, des appels déchirants... Peut-être avait-il pris froid à travers ses vieux habits trop courts... Ils étaient si pauvres, eux.

Alors, malgré la neige et la nuit, elle était venue me trouver, me demander si je ne pourrais pas le lui guérir, ce cher enfant... Quelques poudres, seulement... car il ne devait pas être nécessaire de le voir.

Oh ! elle soupçonnait bien encore une raison à sa fièvre subite : à la Noël, le père Nicholas avait apporté un arbre chargé de cadeaux à ses petits compagnons de classe anglaise. Ceux-ci lui avaient raconté ça ; ils avaient apporté leurs jouets à l'école, et depuis, il en avait rêvé à chaque nuit, le pauvre enfant. « Pourquoi qu'il ne vient jamais ici, le vieux Nicholas ? me demandait-il toujours tristement ; quand bien même nous serions pauvres... tu n'es pas méchante, toi, grand'mère, et moi non plus... Dis, est-ce que je suis méchant ? »

Et tous ses désirs et ses imaginations d'enfant, ses rêves éveillés, lui étaient revenus, ce soir, dans ses cauchemars de fièvre.

Au rebord du bois, tout près, elle était allée, pour voir, couper un sapineau vert dans les rameaux duquel elle avait déposé des pommes et des glands mûrs... Mais des pommes et des glands, il connaissait trop ça, n'est-ce pas, et sa fièvre avait continué.

... Si vous vouliez m'en donner quelques poudres blanches ?... Ce n'est pas nécessaire de le voir, je crois... ce n'est pas nécessaire, je suppose, me répétait-elle un jour sur un ton de douce et touchante angoisse.

Oh ! vieille grand'mère, « ce n'est pas nécessaire, » dis-tu ?... comme tu désirerais que j'y allasse cependant : mais ça te coûte trop de me le demander, dans la crainte d'un refus, parce que tu n'as rien, rien à m'offrir pour me payer ma course et qu'il faut être grand'mère comme toi pour se mettre en chemin dans cette neige-là, par seul dévouement.

– Puisque vous êtes assez bon, remettez m'en, s'il vous plaît, quelques-unes :... des semblables à celles que vous avez données, l'autre jour, au petit Louison, le gars du voisin... Elles n'étaient pas mauvaises à avaler celles-là... Car si elle allait être obligée de prendre son petit-fils de force, de le gronder, de lui tenir les mains... Jamais elle ne pourrait s'y résoudre, non, bon Dieu !... Jamais...

Je te comprends bien, va, vieille grand'mère ; si tu savais comme je te comprends bien ; et rien qu'à un inoubliable souvenir triste qui se réveille toujours tout de suite dans mon esprit quand ce sujet revient, je comprends :

– Et si j'allais le voir, ton petit-fils ?... lui faire prendre moi-même ses poudres en même temps ?...

Je n'avais pas de réponse à attendre... son regard de bonheur suffisait seul. Je donnai l'ordre d'atteler.

Mais en attendant, je m'en vais, en secret, détacher doucement, de l'arbre de Noël de mes mioches déjà installé dans un coin de salle pour le lendemain, quelques jouets, une bonbonnière, et parmi les autres joujoux de l'an dernier – musiquettes, polichinelles, chevaux mécaniques, arches de Noé – maintenant entassés avec dédain dans une malle, je choisis les meilleurs, les moins délabrés, dont je fais tout un paquet.

Il n'en avait jamais vu, de père Nicholas, le pauvre petit-fils, eh ! bien, il en verrait un cette année. Et voilà que je me mets en route, avec la vieille grand'mère à mon côté.

... Il neigeait toujours...

Ce fut vite atteint, la maisonnette tranquille qui, adossée à un pan de roc sous les arbres, abritait les cauchemars de l'enfant pris de fièvre.

Alors, je tire de ma trousse quelques mèches blanches de ouate boratée que je roule dans mes moustaches ; je prends sous les robes de buffle de la berline mon paquet de jouets divers, et dissimulé dans mon immense pardessus de chat sauvage, le collet relevé au-dessus de la tête, tout constellé de flocons de neige, c'est bien un irréprochable et parfait Santa Claus que la bonne vieille mère, ravie et souriante de chaque ride, conduit à présent devant elle vers son gîte de misère.

En me voyant, il se dressa sur son lit, le pauvre enfant, avec une expression soudaine de figure si étrange, oh ! si étrange et si subitement heureuse.

... Était-ce réellement le vieux Nicholas qui venait le visiter... celui-là même qu'il avait tant souhaité, qu'il avait si ardemment désiré ? Ils n'étaient donc pas trop pauvres alors ?

... Non cela ne pouvait pas être vrai ; ces cadeaux, ces jouets peinturlurés ne devaient être qu'imaginaires et il tenait son regard défiant et chercheur sur la vieille grand'mère comme pour qu'elle se dépêchât de tout lui dire, elle.

Car peut-être qu'il rêvait encore simplement, que rien n'existait en réalité, ni du père Nicholas, ni des jouets et que, mon Dieu ! tout ça disparaîtrait dans un brutal réveil qui ferait tout à coup évanouir ses visions bénies.

Oui, pourquoi ne lui disait-elle donc pas à son pauvre petit, la vieille mère qu'il paraissait interroger, elle qui devait le savoir ? Et son regard de doute se reportait sans cesse sur elle, avec sa même physionomie suppliante qui faisait mal à voir.

Alors, avec une grosse voix douce et sur le timbre attendrissant que les enfants doivent attribuer à Santa Claus, je me mis à lui parler en caresses... à le questionner tendrement.

... Ciel ! c'était lui... c'était bien lui. Le pauvre petit malade ne doutait plus. Je le vis bien à l'éclair de ravissement tout de suite monté à ses prunelles brillantes de fièvre.

Mais ce Santa Claus l'examina longuement, prit d'abord sa température, lui fit avaler sans sourciller toutes sortes de poudres et de potions mauvaises ; ensuite, il disposa ses cadeaux dans les branches du sapineau vert, tout à l'heure si triste avec seulement ses pommes et ses glands, puis il s'en retourna.

Le lendemain, la vilaine poussée de fièvre avait tout à fait disparu et le petit-fils traînait, en chantant à tue-tête, ses chevaux à roulettes dans le logis joyeux, devant la grand'mère qui souriait... qui souriait.

Mes disséqués

Lugubre, avec des rafales chaudes comme des soupirs de damnés, la nuit cache sous son éteignoir immensément sinistre mon village et sa montagne.

C'est en novembre.

On se meut péniblement ; et c'est en haletant que, de fondrières en fondrières, on tiraille ses talons emboîtés à chaque pas dans un tire-botte invisible.

En haut, au-dessus des têtes, de grands nuages, comme des morceaux d'étamine mal déchirée, flottent à l'aventure. Au delà, la lune répercute des rayons rougeâtres, verdâtres, à reflets glauques de vieux bronze rongé de patine.

Et en bas, le clapotement de la vague sur le galet lavé et délavé ; les grands ormes qui redressent leurs têtes sous la bourrasque, en sifflant ; la croix du vieux clocher dont les tringles grincent sur leurs arcatures ; la buée moite qui s'échappe de la rivière ; les grandes pierres tombales qui oscillent lourdement sur leurs socles ; tout ce qui est horrible joint à tout ce qui fait peur : une nuit sinistre d'automne.

C'est en novembre.

En marchant, on craint de frôler des spectres et l'on s'imagine à tout instant sentir dans son cou le souffle froid de leurs haleines ; en se retournant on les verrait, mais on n'ose.

C'est en novembre et la nuit les morts se promènent en agitant leurs linceuls. C'est leur mois. Les cimetières, étalant leurs pierres blanches comme le linge au lavoir, cachent derrière chacune d'elles un squelette qui fait cliqueter ses vertèbres. On ne veut pas le croire, mais le frisson vous empoigne aux dents et à la peau rien que d'y songer.

N'est-ce pas ? Je connais ce que c'est que le cadavre. J'en ai vu sous tous les aspects ; ceux que l'on hisse à l'amphithéâtre de dissection au moyen de poulies rauques et de cabestans criards, ceux que l'on sort ensanglantés des voitures d'ambulance. J'en ai vu dans leur tombe, dans leur lit, dans leur fosse ; à la morgue, sous le scalpel dans les salles d'autopsie, en charpie sur les rails, étendus exsangues sur les grèves : partout gangrenés, putréfiés, sphacélés, décomposés, épilés, gonflés de gaz comme des outres ou décharnés comme des squelettes à articulations mécaniques. Et je me pique d'être de ceux qui ne croient pas aux revenants et n'en ont point peur.

Sans cela l'on ne m'eût point vu par ce soir tourmenté, à minuit, gagner le plus naturellement du monde la route planchéiée du vieux cimetière pour jouir à mon aise du spectacle qu'offrait la nature à cette heure-là.

Est-ce par métier, est-ce par l'effet de la lecture, est-ce par tempérament ? je l'ignore, mais les tableaux macabres où les nuages se crèvent avec des flamboiements d'épée, où les embruns furieux déferlent bruyamment sur la rive comme se déchargent des tombereaux de pierres, où le vent qui tourbillonne sous le globe de la cloche, à travers les colonnettes et les crénelures du clocher, prend des accents de trompettes, où les tuiles s'arrachent violemment aux clous du toit de la sacristie pour aller s'enfoncer comme des dards dans la glaise fraîchement remuée d'une fosse ; tous ces tableaux-là m'ont toujours plus particulièrement – comment dirais-je ? – intéressé.

Et j'allais donc machinalement, les cheveux en broussailles sous le vent, quand tout à coup, à ma gauche, derrière un immense monument granitique, j'entendis des soupirs aigus comme des sifflements, et en même temps je me vis subitement environné de toute une troupe de squelettes dansant une pyrrhique macabre.

Chacun conservait encore le masque hideux que la mort lui avait donné à son dernier spasme, et franchement j'eus froid au cœur.

Cohorte infernale qui m'enserrait dans son cercle, m'étouffait de son haleine méphitique, et à laquelle je ne pouvais pas me soustraire. J'étendis la main pour m'appuyer quelque part, car mes jambes fléchissaient et je me sentais défaillir ; un squelette m'offrit son omoplate sans bras.

Et soudain, j'aperçus à l'endroit du cœur, planté comme un poignard, le robinet de cuivre vert-de-grisé que les carabins introduisent dans l'aorte pour y injecter leur solution d'albumine et préparer ainsi les artères à la dissection.

Malédiction ! Tous étaient ainsi brutalement transpercés ; et je reconnus mes cadavres d'autrefois, déchirés, mordillés, déchiquetés par mes forceps, écharpés, tranchés, disséqués, scarifiés par mon scalpel jusque dans les nerfs et les muscles.

Ils étaient encore tels que le croque-mort me les avaient apportés à l'amphithéâtre. Il y en avait trois surtout dont je me souvenais plus nettement.

Le premier était celui d'une fille, impudique jusque dans les moelles, qui avait passé sa jeunesse à vendre ses baisers dans un lupanar de la rue Sainte-Hélène, à Québec. Ce fut une affaire tragique qui nous l'amena. Une nuit, son amant pris de jalousie – l'amour va donc jusque-là – lui avait férocement ôté la vie en lui transperçant les deux tempes d'une balle, puis s'était ensuite tué lui-même sur elle. – Musset eût parfaitement reconnu en cela l'œuvre de « Rolla ».

La justice scrute toujours ces drames horribles. Les cadavres furent d'abord transportés à la morgue pour l'enquête, puis de là à l'amphithéâtre de dissection. La fille perdue n'avait suivi que la filière ordinaire tout en évitant l'hôpital.

Je reconnus parfaitement son corsage débridé de mousseline légère spéciale à l'espèce ; son masque convulsé, portant encore en relief le mince filet de sang qui suintait des tempes, gardant son même rictus blasphématoire, et la poudre de riz, et le fard et le carmin n'avaient pas été lavés.

Le second était un grand diable mort à Beauport de l'anthrax hideux qu'il avait eu, encavé entre les épaules : hideux par ce pus scabieux qui filtrait à travers une espèce de cagoule à plis de suaire ; hideux par l'expression de figure affreuse, – véritable grimace sardonique – que la douleur avait plaquée sur cette face morte.

Ajoutez à ça la plus parfaite empreinte d'hébétement que l'idiotisme ait jamais affichée à la lèvre et à l'œil d'aucun de ses enfants.

Quant au troisième, le crâne entrouvert distillant sa cervelle, teint de sang comme s'il fût sorti de l'écorcherie, il était tel qu'on l'avait apporté sur le brancard. Matelot norvégien, tombé d'une vergue sur le rebord de l'écoutille où il s'était fracassé la tête ; il tenait encore à la main un grelin dont il semblait vouloir me ligoter.

Et plus loin, dans les ombres et clairs inattendus que répand la lune, toute la bande découpe sur l'architecture sépulcrale ses gestes épileptiques, ses contorsions démoniaques ; tantôt un râle, un soupir, tantôt un sifflement, un cri ; puis le silence.

Tous ces disséqués – démembrés d'un bras ou d'une jambe, sans entrailles, sans cœur, décapités ou scalpés, les muscles en lambeaux, les nerfs arrachés – étaient horribles à voir.

J'allais me rendre...

Ding, ding, ding : c'était mon timbre de nuit.

– Venez vite, docteur ; c'est pour la femme du père Chose, « a se meurt ! »

– Oui, oui, j'y vais...

Diable de rêve ! et je me frottai les yeux...

Une erreur de diagnostic

« Si cela a du bon sens, bonté divine ! de les voir encore ensemble, ces deux-là, à chasser les bluets, à grimper dans les pommiers, à se faufiler dans les bois noirs... si leurs parents le savaient... Oui, je vais faire cesser ça, moi, par exemple... je le dirai à monsieur le curé. »

La vieille demoiselle Philomène se parlait ainsi, à part elle, en les guignant entre ses rideaux de mousseline pendant qu'ils se jetaient en riant des cœurs de pommes par-dessus la haie toute proche.

« Ces deux-là » c'étaient Lucie, une petite blonde aux yeux vifs et pleins de candeur mutine - une excellente fille au fond - et Louison, le fils du voisin, un gars gentil et bien fait qui avait enflammé le cœur de Lucie de son regard d'étincelle... Mais son père, à elle, s'opposait aux avances de l'amoureux, lui refusait l'entrée de sa maison... Ils ont bien le temps, grand Dieu !... des enfants encore...

Des enfants ?... peut-être, mais qui s'aimaient beaucoup et qui trichaient souvent la consigne pour se le dire.

C'est cela qui avait scandalisé Philomène, elle dont la figure bilieuse, faite à la truelle, avait toujours tenu les aspirants à distance. Avec les années sa mauvaise bile, toujours aigrie de plus en plus, avait tourné au vinaigre, puis à l'acide nitrique fumant... Vraiment, elle en laissait échapper les âcres émanations, quand elle racontait les entrevues hâtives et secrètes dont elle était parfois témoin, la manière avec laquelle Lucie fixait son regard sur Louison : Il faut voir cette effrontée...

C'est peut-être vrai qu'elle le reluquait souvent en dessous, qu'elle se cachait derrière les massifs d'arbres pour lui parler, tâchait de le rencontrer partout en cachette... mais pourquoi son père aussi... hein ?...

... Comme elle se l'était promis, Philomène était en effet allée, le dimanche suivant, trouver le curé à son presbytère.

C'était l'abbé Grégoire, ce curé-là, un bon homme au fond, pas bien fin, qui ne jouissait jamais autant que quand il lui était donné occasion de se fourrer le nez - et il l'avait long - dans les affaires intimes de ses paroissiens.

À cause d'une douce manie, il avait toujours rêvé ça de grandir son humble rôle de curé de campagne au rôle plus large et plus solennel de l'apôtre. Il se posait dans toutes les circonstances comme le pacificateur, le mystérieux niveleur, l'arrangeur miraculeux de toutes choses : une espèce de providentiel entremetteur aux mains toujours tendues pour les bénédictions.

Oh ! comme il aurait aussi désiré faire un miracle quelconque, un tout petit miracle de rien du tout, et travailler ainsi de compagnie, bras dessus bras dessous, en bons copains, avec saint Benoit, saint Antoine et les autres d'en Haut... Il se vantait même d'avoir de temps en temps des petits colloques secrets avec la sainte Vierge.

Il s'était longuement essayé à combattre – à coups de neuvaines, de processions, d'évangiles lus sur la tête des malades – la sécheresse, le rifle, les fléaux de la grêle, des chenilles et des sauterelles, mais sans grand succès... À la fin, voyant que ses paroissiens perdaient quelque peu confiance, il s'était résolu à leur conseiller de joindre à ses prières un peu d'onguent, quelques gallons de bouillie bordelaise... Après tout, ça ne pouvait pas faire de mal, disait-il...

Quant aux messes pour obtenir providentiellement de la pluie, il ne se décidait plus à en annoncer du haut de la chaire qu'après avoir télégraphié à l'observatoire de Toronto. Cela réussissait pas mal. Ce qui faisait dire à ce rénégat de Casimir, son paroissien : Pour la pluie, notre curé, y est pas mauvais, mais pour le rifle, les chenilles, y'vaut pas une « pétaque ».

Oh ! ces innocents travers, ces douces manies qui indiquaient chez lui une fêlure bien visible, ces lubies continuelles que ses indulgents paroissiens se racontaient sans malice, en se secouant les épaules, il les lui pardonnaient bien, à lui qui tendait toujours ses mains pour les bénédictions, ou les pardons, ou les quêtes, avec le même inébranlable zèle.

Vrai, il était bien un peu fou...

C'est à lui que s'était adressée mademoiselle Philomène.

... Elle lui en avait conté long. Et comme il paraissait tellement s'intéresser à ses histoires, l'encourageait tant de ses airs penchés, de ses regards attendris, des ses bonnes paroles de pitié complice, elle lui avait donné une foule de détails, d'interminables explications coupées à propos de réticences subites qui ajoutaient encore, exagéraient, grossissaient l'affaire à la mesure d'un vrai scandale.

Elle s'en aperçut, je suppose, aux yeux et aux ah ! stupéfiés de l'abbé Grégoire, car tout de suite, comme une caresse, comme un baume de pitié pour la réputation malmenée de sa voisine Lucie, elle ajoutait subitement tendre, – pour donner aussi sans doute une tournure de sympathie et d'intérêt à la dénonciation qu'elle venait de faire : Puis... vous savez, elle n'est... pas bien... y paraît...

– Pas bien ?... avait demandé l'abbé Grégoire avec effarement, l'esprit déjà transporté aux fonds insondables des abîmes infinis de perdition.

Mais le tinton sonnait : ding... dong, ding... dong : alors la vieille Philomène avait saisi son paroissien doré, son parasol et enfilé la porte.

... Pas bien... ah ! il avait parfaitement deviné... Quelle honte ! quelle tristesse pour sa paroisse ce serait, pensait-il en disant sa messe. Et pendant qu'il détaillait les évangiles et les épîtres à voix distraite, il réfléchissait avec angoisse au moyen d'étouffer le mal, d'empêcher les mauvais propos, les réflexions qui germeraient inévitablement de ce scandale qu'il imaginait tout prêt d'éclater.

Et ces angoisses le faisaient encore plus souffrir, avivées par sa constante manie de réformateur, de providentiel entremetteur : si on allait ne point l'écouter cette fois, le rebuter dans ses apostoliques démarches d'envoyé de Dieu...

Entre ses bras, levés pour une roulade d'orémus, il reconnut Lucie, qui, de derrière une colonnette dorée de la nef, dardait sur lui son œil clair... justement, il la ferait demander, cette mauvaise brebis, par un enfant de chœur, après la messe.

Et elle vint.

Oh ! elle paraissait très douce et gentille en plein la brebis, et pas mauvaise du tout ; au contraire, un doux air de tendre et sympathique ingénuité semblait nimber son front. Ses yeux seulement, des petits yeux mutins, paraissaient il est vrai beaucoup aimer à rire, mais à part ça...

Elle se présenta naturellement intimidée devant l'abbé Grégoire qui se demanda tout de suite en la voyant si candide, si douce, si apparemment honnête, sous quel aspect décevant d'angélique innocence l'esprit du mal parvenait adroitement à se dissimuler parfois.

Mais comme il en avait vu bien d'autres, il commença sur un ton sévère :

- Ce n'est pas joli, ce que j'apprends sur ton compte, Lucie.

Celle-ci baissa aussitôt les yeux, confuse sans savoir.

- Je vois que tu comprends ce que je veux dire... En effet tu te conduis mal, ni plus ni moins.

Et comme la belle fille fière se redressait spontanément, cette fois.

- Non, non, ne nie pas... ne nie rien... je sais tout... reprit-il vivement

- Mais, monsieur le curé... je...

- Tu l'aimes donc bien ce vilain gars, pour agir ainsi avec... Tu l'aimes donc bien...

- Oui... je l'aime en effet... beaucoup... mais nous ne faisons rien de mal...

- Tut... tut... tut...

- Je le rencontre quelquefois en cachette, c'est vrai... parce que... parce que mes parents ne veulent pas le laisser venir à la maison...

- Ils sont bien payés maintenant tes parents, n'est-ce pas ?... car... tu n'es pas bien... pas bien, oui... tu sais...

Lucie ne répondait plus, abattue sous l'interrogatoire curieux de son curé. Et celui-ci reprenait encore :

- Enfin, oui... tu n'es pas... bien...

Elle avait envie de pleurer, la pauvre petite, honteuse jusque dans les yeux qu'un prêtre put lui faire d'aussi indiscrètes questions.

Ça tombait à une mauvaise date, sans doute, car dans un tremblement de gêne, elle acquiesça timidement de la tête.

- Si ce n'est pas trop malheureux, pauvre enfant... que dit ton père de ça ?... ta mère ?...

Mais mon Dieu ! elle n'en avait seulement pas parlé... Toute sa mine confuse le disait et bientôt elle éclata en larmes abondantes.

– Alors il faut que tu te maries... Louison le voudra-t-il, lui ?...

Elle fit signe que oui, de la tête.

– C'est bon, retourne-t'en... et dis à ton père de venir me rencontrer ici.

... Le père, un vieux sec et renfrogné, arriva aussitôt :

– Bonjour, monsieur le curé...

– Bonjour, monsieur... asseyez-vous... Bien oui, c'est assez délicat... n'est-ce pas... il faut des sacrifices, n'est-ce pas... la charité... c'est à propos de votre fille... vous savez, n'est-ce pas... vous devez la marier.

– La marier ?... oh ! elle en a bien le temps, allez... Et avec qui ?...

– Avec Louison Doré... oui, n'est-ce pas... vous savez...

– Louison Doré ?... un pauvre gars qui n'est pas établi et ne le sera Dieu sait quand... Des enfants, tous deux, d'ailleurs... Ils ont bien le temps d'avoir de la misère...

– Non monsieur, ce serait mieux tout de suite... n'est-ce pas, le pasteur juge mieux... puis, n'est-ce pas la charité, la prière, le sacrifice... Des fois, n'est-ce pas, il arrive... des malheurs... des hontes... Le pasteur, n'est-ce pas... le sacrifice... Louison...

Le vieux Doyon le regardait sans faiblir.

– Je comprends tout ça, monsieur le curé, c'est vrai..., mais elle est trop jeune encore, il vaut mieux la faire attendre...

– Non, il ne faut pas attendre... je n'ai pas besoin d'insister, n'est-ce pas..., ni expliquer, n'est-ce pas... ce serait pire plus tard... La charité...

Le bonhomme ouvrit de grands yeux drôles.

– Que voulez-vous dire ?... je ne comprends...

– Bien n'est-ce pas, à force de la laisser courir seule, votre fille... elle... n'est-ce pas... Le scandale est déjà assez grand...

Tout en continuant de regarder son curé, le vieux Doyon était devenu vert, affreusement bouleversé par la colère et la honte. Et il cherchait à bégayer des mots qu'il ne trouvait pas pour exprimer sa complète stupéfaction.

– C'est une épreuve, expliquait l'abbé... Non sans doute, n'est-ce pas, vous ne méritiez pas un tel malheur, mais il peut se réparer peut-être... la prière, la charité... N'est-ce pas, c'est fait ; alors à vous de ne rien dire, de ne rien faire éclater mal à propos.

Et son regard brillait déjà en songeant comme il allait vous arranger ça habilement ; toute la paroisse n'y verrait que du feu.

– Comme ils consentent tous deux à s'épouser, je le sais, continua-t-il, permettez-le leur tout doucement, sans esclandre, n'est-ce pas, de manière à n'éveiller les mauvais soupçons de personne.

... Quinze jours après, la noce avait lieu ; j'en étais. Belle noce, ma foi, car le père Doyon était riche et très estimé.

Tout le monde fut heureux, mais personne plus que Lucie et Louison à qui le bonheur s'était offert si inopinément et qui étaient tous deux très gentils sous leurs toilettes neuves.

Une année plus tard, par une pluie du diable, je vois arriver mon Louison qui venait me chercher, bride abattue.

... Il ne voulait même pas entrer tant c'était pressé...

– Hein ! lui dis-je en riant : c'est pour tout de bon, cette fois.

Il me regarda un instant, puis voyant à mon air entendu et moqueur que j'étais au courant de la fugue stupide de l'abbé Grégoire, il éclata de rire tout bonnement.

– Il l'a, à la fin, son miracle, me dit-il.

– Comment, repris-je...

– Bien oui, vous ne savez pas, cet innocent-là, pour expliquer sa bêtise, a bien essayé de faire accroire à ma belle-mère que c'était dû à ses neuvaines, à ses nombreuses messes payées, à ses aumônes qu'il avait réussi... à obtenir du ciel... par miracle, que... que... au diable, j'sais pas comment vous dire ça.

– Le mystère de l'Incarnation à l'envers, je suppose ?...

– Justement ; mais comme je lui dois ma Lucie, je ne m'en suis jamais plaint... Vite, dépêchez-vous, docteur...

Premier cas

Ils étaient quatre, venus de loin, réunis pour un soir de ressouvenir et de bonne causerie dans le cabinet de consultation de leur humble confrère de campagne... Sur une table, il y avait des bouteilles ouvertes de cognac, des flacons de genièvre, des carafons de vin, des cigares, des cigarettes, des verres...

... Et la conversation allait.

– Ça mes vieux, – c'était Charles Lincourt qui parlait, debout auprès d'une table, faisant danser dans sa main une pièce de monnaie – c'est mon premier trente-sous gagné au moyen de ma profession et bien gagné... Quelle dent ! mes amis, je m'en souviendrai toujours... . Nous nous étions mis à trois pour l'extraire : c'était une molaire d'un pouce cube, à quatre pivots crochus rivés comme par des clavettes à l'avéole.

J'avais d'abord pris mon pauvre patient comme ceci, gentiment, délicatement, en dilettante, les bouts des doigts seuls employés à la manœuvre. Au fond je voulais un peu l'éblouir, ce garçon, qui me tendait béatement sa tête crépue, la tenait fixée, immobile, inclinée suivant n'importe quel angle : 45°, 22°, 13°, avec l'air de dire : Mon Dieu ! Que j'ai hâte... j'vas-t'y être bien après.

Ouitche ! après... J'applique donc ma pince, une pince neuve à reflet d'argent, avec de gentilles petites pointes en relief pour empêcher le glissement des doigts, vous savez ?... Je me raidis, tous les muscles en contraction spasmodique, et je secoue, et je tire, et je brasse... et je r'secoue, et je r'tire, et je r'brasse. Les yeux congestionnés, la figure bouffie, je soufflais, j'haletais... et cette dent qui ne se cassait même pas, la gueuse ! à la fin je tombai épuisé, éreinté sur un siège.

Mais lui, mon patient, avec un sourire drôle et un accent de conviction profonde :

– A quien ben... ça a l'air.

– J'pense... qu'a quien... ben... repris-je bégayant, scandant des mots rauques à travers ma respiration montée à 70 à la minute.

Et je sentais en même temps une étrange cuisson à la main ; j'avais la paume meurtrie, dépouillée d'épiderme, toute hachée aux maudites petites pointes de la pince à Lyman.

- On va se reprendre ?... C'était mon patient qui me provoquait de nouveau ; mais ce « on »-là réveilla chez moi l'idée d'aide, de coopération, d'union : cette union qui fait la force. Je mets une paire de gants pour me protéger les paumes et je hèle un passant à qui j'assigne la tâche de maintenir solidement le crâne de mon pauvre diable de patient. Jacques Lemieux - vous vous le rappelez avec ses cheveux droits sur la tête et ses mots drôles à faire se tordre de rire une barre de fer de deux pouces carrés - Jacques Lemieux était à mon bureau.

Toi, mon gaillard, lui dis-je, tu vas m'aider... Ici, comme ça, ta main à côté de la mienne... bon... Et nous nous arcboutâmes, les jambes cambrées, les pieds appuyés aux rebords des tables, de la fenêtre, sur les barreaux des chaises...

Alors ce fut quelque chose d'homérique ; et j'aperçois encore, - quand le cauchemar me saisit, ou que dans l'effroi de rêves affreux toutes les épouvantes et les horreurs se liguent pour torturer mon imagination en déroute - j'aperçois encore la figure distorse de mon patient, contracturée rien que sur un côté à cause de la pince, les yeux chavirés, les narines battantes suffisant à peine à la respiration et la bouche entr'ouvrant des profondeurs de caverne, et dedans cette langue qui se redressait, s'agitait, dardait...

Puis ce fut un mouvement d'ensemble où nos hans d'halètement alternèrent avec le grincement des mors de la pince sur les os des mâchoires, les craquements brusques des fauteuils, les piétinements, les crissements aigus des talons sur le plancher... Une vraie mêlée...

Tout à coup, comme après une tempête, un calme soudain, suivi tout de suite des crachements sanguinolents de mon pauvre patient...

Nous l'avions... la dent...

Et, après un moment de rinçage de bouche, il me demanda tranquillement « comment c'était ».

- Trente-sous, lui dis-je...

- Ça les vaut, approuva-t-il, sans la moindre idée de rire, et il me les remit.

Les voici, mes amis, et je les conserve toujours depuis, les traînant « pour la chance » à travers toutes les poches de mes pantalons... Sapristi ! vous fumez toujours... passez-moi donc un cigare... tas de chenapans ! !...

– « Pour la chance » ! ... Hum !

... Moi je n'en ai pas eu autant, allez, avec mon premier cas... C'était Blondeau qui avait repris en riant, son verre de punch à la main... Moi, ce n'est pas à une dent que j'ai eu affaire la première fois, non... à un simple petit cas de diarrhée...

J'étais installé depuis la veille à Sainte-Monique : pays de framboises, de chardons, de maringouins, de bouleaux, de wawarons, de sauterelles, un sacré pays, bon... Une vieille tante qui demeurait aux environs m'avait écrit le lendemain de mon examen final :

« Va donc t'établir à Sainte-Monique... Il y a déjà un médecin, mais il n'est pas aimé et les gens vont presque tous se faire traiter ailleurs... Vas-y donc.. »

Je me décide. J'entasse mes fioles, mes « os », mes bottes, tout mon bataclan, au fond de ma valise et deux jours après je faisais fixer à la porte de mon officine un immense pilon noir et or qui attroupa tout de suite une bonne douzaine d'enfants.

Dès la première nuit je m'aperçus que j'aurais – en outre de mon confrère – à lutter contre une légion d'enragés maringouins qui faisaient de la phlébotomie préventive en saignant les gens et en leur appliquant, à tort et à travers, des ventouses par tout le corps.

Le lendemain, un petit vieux m'arrive avec sa vieille... Oh ! un petit vieux comme on n'en peut rencontrer qu'à Sainte-Monique, courbé, le teint encore clair, avec des yeux gris qui clignaient drôlement comme pour se moquer du monde.

C'était elle qui était malade cependant. Oh ! elle, une petite vieille comme on n'en peut rencontrer qu'à Sainte-Monique, proprette, les cheveux tordus en deux nattes blanches sous sa coiffe, les lèvres minces, un peu relevées par une dent unique... et des yeux, gris aussi, comme ceux de son vieux, mais si doux, mais si bons, qu'on se mettait tout de suite à l'aimer, la bonne vieille...

Ils avaient préféré venir eux-mêmes... ils n'étaient pas riches – pour épargner le coût d'une visite... D'ailleurs ils demeuraient tout près et elle était si peu malade, la vieille mère, après tout..., seulement une légère diarrhée de presque rien qui l'ennuyait et qui l'affaiblirait peut-être à la longue, par exemple... C'était arrivé justement comme ça l'année précédente à leur voisine... elle avait toujours retardé, patienté, patienté... tout d'un coup, crac, elle était morte. Alors, elle ne voulait point s'exposer à la même chose et ils étaient venus me voir... m'étrenner, disaient-ils.

Une petite diarrhée de rien...

C'était heureux, car qu'aurais-je éprouvé, grand Dieu ! si c'eut été grave, moi qui me sentais des fourmillements dans tous les tissus rien qu'à la pensée d'entreprendre mon premier cas... Et je méditai :... Non, pas d'opiacés, ni d'astringents minéraux..., cette femme pourrait bien offrir un de ses singuliers exemples d'idiosyncrasie ; alors, je lui préparai quatre poudres inoffensives de bismuth... rien que de dix grains... il ne pouvait toujours pas y avoir de danger à cette dose-là.

– Vous en prendrez une immédiatement, lui dis-je, puis une autre ce soir et demain encore, suivant l'effet obtenu.

Ensuite je lui démontrai longuement l'importance de la diète, lui fis comprendre que tout dépendait de la digestion chez elle... elle devait avoir des gaz après ses repas ?... en effet, je le savais bien... et je me remis à lui expliquer les principes d'hygiène à suivre, je lui recommandai l'exercice au grand air ; je lui exposai également combien l'équitation est salutaire dans ces cas, les bains glacés, le régime lacté : le lait de jument de préférence ou bien pasteurisé... Il y avait bien encore le lavage de l'estomac au moyen du tube Faucher : un grand tube en caoutchouc, avec un entonnoir au bout... on met le patient comme ça, vous voyez, de manière à redresser l'œsophage et on pousse le tube... Il y en a, des fois, qui ne peuvent pas, l'avaler : alors on leur anesthésie la glotte avec des vaporisations de cocaïne... il n'y a rien de plus fin ; puis on lave l'estomac, on le rince...

Je compris tout de suite, à leurs yeux émerveillés, à leurs mouvements de tête étonnés et approbateurs, qu'ils n'en avaient jamais vu de médecin comme moi à Sainte-Monique et que mon confrère n'avait plus qu'à se bien tenir...

Et ils repartirent.

Moi, durant tout l'après-midi, je songeai. en regardant les gens passer : « j'sais pas si elle va en avoir assez de quatre... si ça ne suffit point, je lui en fournirai d'autres, sans lui rien demander de plus...

Quand on commence, hein, c'est mieux... »

Vers le soir, à l'heure de l'Angélus, pendant que j'en grillais une, assis dans mon bureau, le dos vers la porte, les pieds étendus sur une chaise, j'entendis tout proche de mon oreille une respiration fatiguée qui laissa bientôt passer une petite voix soupirante, lamentable, une voix comme on n'en entend qu'à Sainte-Monique ; c'était celle de mon vieux de tout à l'heure.

Ah ! non, ça n'allait pas mieux, loin de là ; sa femme n'avait jamais été plus mal... et des coliques, monsieur...

J'en éprouvais moi-même, en l'écoutant... Mon premier cas, pensez donc... Je consultai de nouveau ma matière médicale : non, pas d'exemple d'empoisonnement par le bismuth à la dose de dix grains...

– Il vous reste deux poudres, n'est-ce pas, lui demandais-je, en m'adressant subitement à lui, eh ! bien retournez, et faites les lui prendre d'un seul coup... Ne manquez pas de venir me donner des nouvelles avant la nuit.

Lui parti, je me remis à songer... si ça ne réussit pas je donnerai un peu de poudre d'opium, rien qu'un quart de grain pour commencer... le kino ne serait pas mauvais non plus, ni l'acétate de plomb... ni le nitrate d'argent. Si ce n'était pas ces taches qui viennent à la peau... je l'essaierais... à petites doses... Dans les cas chroniques, Bartholow, Flint, Dieulafoy disent que c'est très bon...

Tous les détails de ma pathologie me revinrent à l'esprit... si c'était un cas de choléra asiatique ?... j'y pensai à ça aussi. Le temps passait m'entraînant avec lui dans mille suppositions, à travers un méli-mélo de cliniques oubliées, de formules étonnantes... de prescriptions fameuses notées dans des cahiers sur lesquels je ne pouvais plus remettre la main.

... Et je n'avais toujours pas de nouvelles...

Il était déjà onze heures ; ça m'inquiétait de plus en plus... Oh ! ça devait aller mieux pourtant : quarante grains...

Alors, en tapinois, je m'avise d'aller rôder aux alentours de la demeure de ma première patiente, pour voir, pour écouter.

Glissé dans l'ombre d'un peuplier et tendant le cou, je jetai un regard dans l'entrebâillement des volets...

Grand Dieu ! éloignez de moi ce calice ! tout le monde de Sainte-Monique était rendu là, toutes les commères de Sainte-Monique, le curé de Sainte-Monique, le bedeau de Sainte-Monique, et au milieu de la chambre, l'autre médecin de Sainte-Monique, mon confrère, une seringue hypodermique à la main, en train de donner une clinique avec de grands gestes vainqueurs, des roulements d'yeux triomphants, des haussements dédaigneux d'épaules qui en disaient long sur mon compte.

Tous les autres l'écoutaient.

Quant à moi, je me sentis aussitôt entraîné par un tourbillon furieux. Tout sembla s'évanouir instantanément autour de moi, les peupliers verts, les madriers des trottoirs, les maisons blanchies à la chaux, puis tout ce monde de Sainte-Monique entrevu dans un éclair. J'éprouvais en retournant des mouvements d'oscillation, des sensations de marcher sur des vagues comme sous un commencement de chloroformisation.

Je revins à moi en reconnaissant mes fioles et mes bocaux bariolés d'étiquettes latines et je m'affaissai sur un fauteuil...

Tout à coup une commotion soudaine vint me secouer avec violence pendant que j'examinais distraitement mes drogues distribuées en ordre sur les rayons de ma pharmacie... Ciel ! !

Oui... ciel ! savez-vous ce que je venais de découvrir ?... j'avais donné contre la diarrhée de ma première patiente de Sainte-Monique, quarante grains de calomel...

Le lendemain je disparaissais...

Toi, Thomas, si tu veux aller chercher mon pilon - il y est encore - je te le donne.

Mais Thomas qui l'avait écouté tout le temps se leva, esquissant toutes sortes de sauts et de contorsions folles, comme un épileptique ; hurlant, criant : Hourrah ! pour le médecin de Sainte-Monique !... Vive le médecin de Sainte-Monique !... Buvons à la santé du médecin de Sainte-Monique... Buvons du gin, du de Kuyper de Genève... c'est trop drôle... He is all right... all right... Hip... hip... hip... Hourrah !

Tiger ! ! ! ! ! Et il versa une tournée.

Avec mes chiens

Séné... Jalap... venez-vous ? Allons, braves chiens, larges cœurs, fidèles compagnons, allons tous les trois loin des hommes méchants et des tristes choses.

Allons là-bas, jusque sur ce versant de montagne ; nous traverserons les bois, les vergers et les pommiers recourbés.

Nous irons à pied, lentement et ce sera gai pour vous, bons chiens, de gambader et renifler ici et là sous les grandes feuilles vertes.

Pas de poussière, cette fois, pas de chemins poudreux à suivre, pas de soleil brillant, pas de langue tirée à courir derrière la voiture ; mais de l'ombre, de la mousse et des cascades limpides.

Nous prendrons par là, voyez-vous, à gauche de ce grand orme. Il paraît qu'il y a un petit sentier voilé qui serpente à travers les érables et les pommiers, les cèdres et les merisiers.

J'apporterai mon fusil... et toi, Séné, immense lévrier blond, sauteur incomparable de clôtures et de ravins, voleur de filets et de rosbifs, si tu aperçois par hasard une perdrix, tu sais, hein !... woo... woo... woo... jappe fort.

Pendant ce temps-là, moi, – au diable les lois de la chasse, – ... pan... pan. Oh ! que nous en ferons une noce.

Voyons, bon, venez-vous ?

Et Séné a distendu ses grandes jambes jaunes en se recourbant l'échine en point d'interrogation, – c'est sa manière de marquer sa joie... et Jalap, la queue roulée en ressort de montre, s'est assis en face de moi, le museau en l'air, l'œil inquiet.

Ceci voulait dire :... mais vite donc, sans doute qu'on y va.

Et l'on partit en caravane, Séné devant, moi ensuite, puis Jalap. Au bout de quelques minutes nous étions ensevelis dans l'ombre et les feuilles, loin des hommes méchants et des tristes choses.

À pied... la belle façon en réalité de voyager ; rien ne vaut ce genre de promenade. Comme alors tous les plus petits détails s'impriment bien dans l'esprit ; et quels détails que ceux de mon pays !

Oh ! que je vous plains malheureux médecins de ville, tristes enfumés, chevaliers empoussiérés du tramway et du trottoir, de ne pouvoir, suivant le caprice, vous plonger dans cette atmosphère de cèdres résineux et de fougères aromatiques qui embaument ma montagne.

Que je plains aussi vos chiens... quand vous en avez. Ne dirait-on pas qu'ils sentent peser à leurs cous tout le prix dont vous taxez leur liberté et ne paraissent-ils pas ennuyés de n'avoir à lever la patte que sur des coins de maisons ou sur d'immenses poteaux sans écorce ?

J'ai bien pensé à tout ça en route ; mais c'est surtout après être parvenu sur un certain plateau de rocher, où un sapin, brisé dans ses racines par la tourmente, était venu s'abattre et offrait son tronc séculaire en appui à mes épaules fatiguées par une montée incessante de plusieurs cents pieds, que j'y ai plus profondément songé.

J'ai pu en même temps admirer un tableau féerique. Lentement comme ça, on ne sent guère l'élévation constante du terrain et tout à coup, dans une éclaircie, on est surpris de voir les maisons rapetissées en châteaux de cartes et les pommiers orgueilleux transformés en trèfles à quatre feuilles. C'est très drôle.

Mon Jalap lui-même s'est mis à rire aux larmes en reconnaissant en bas les rues de son village, sa niche au fond de la cour, puis le petit Douville, puis Tiboul - le chien d'en face - pas plus gros qu'une fourmi, dans le milieu du chemin.

J'ai passé une heure enchanteresse sur ce plateau majestueux, au milieu des campanules bleues et des fleurs sauvages, des piiouits des merles et des tritris des grives.

Adossé paresseusement, prêtant ma cuisse à Séné qui couché près de moi, y allongeait son grand nez en promontoire, j'ai lancé, vers les hommes méchants et les tristes choses, bien des imprécations amères en même temps que les cœurs de pommes dont j'avais en route chargé mes poches.

Et toujours Jalap qui riait aux larmes et jappait dédaigneusement après Tiboul.

Tout à coup, un mauvais instinct me saisit.

Une pauvre petite linotte chantait innocemment au sommet du

rocher, perchée sur une feuille de fougère. Mon fusil était sous ma main et sans bouger, en un éclair, je la vise et la tue, lui coupant dans le gosier son piiouit commencé.

Jalap, cessant de rire aux larmes, tourna de mon côté un regard de mépris ; Séné alla se coucher plus loin, le dos vers moi ; et je sentis bien alors que j'en étais moi aussi de ces hommes méchants, et je redescendis vers eux et vers les tristes choses.

Pas encore lui

Ah ! le rude métier, et énervant et ennuyeux que celui qui vous impose à brûle-pourpoint, à l'heure des sommeils à bras repliés, dans l'engourdissement mourant du rêve, un : « vite ;... debout ! » chanté en ondulations tristes le long des corridors et des chambres par la clochette de nuit.

Oui, vous comprenez ça, hein : « les sauvages »...

Et, vite levé, une bretelle tombante, les pantoufles à moitié mises dans la crainte d'un second coup de sonnette qui éveillerait Pomponne, je cours à la porte.

C'est bien ça, en effet : les « sauvages »...

Allons, quelle chasse, quelle course, là-bas, loin, dans la nuit sombre, dans le clapotement monotone des flaques de boue, sous la pluie crépitant sur la toile caoutchoutée de la voiture, il va me falloir entreprendre !

Oh ! ma trousse, - rapidement examinée pour voir si rien ne manque, - mes instruments qui épouvantent tant ces damnés sauvages, puis le feutre rabattu, plongé dans mon immense Rigby, allons, en route.

Ça nous vient probablement des premières années de la colonie cette légende naïve et à la fois charmante, destinée à traverser les siècles maintenant, et qui, en son apparence de vraisemblance, apporte si bien aux jeunes têtes l'explication de choses si mystérieuses.

Oui, c'est contre ces sauvages imaginaires que notre rôle de médecin nous pousse, sauvages souvent plus terribles que les indigènes des siècles passés, pires parfois que les Iroquois.

Et cahin-caha, tiraillé par les ornières, projeté par des ressorts en fonte trempée qui nous enfoncent dans les chairs les tarauds du siège de la voiture, après une course du diable dans l'horreur de la nuit, - horreur enflée par de grandes feuilles trempées qui subitement dans la rapidité de la marche nous glissent dans le cou en caresses de fantômes, - l'on me déposa devant une maison nette assez gentille d'apparence dans la ligne de lumière qui filtrait à travers les volets mal ajustés et qui la coupait comme en deux.

J'y suis resté vingt-quatre heures en arrêt, dans cette maisonnette ; pendant vingt-quatre heures, lorgnant les coins du bois, - pour voir si les sauvages n'apparaîtraient point, - relisant et retournant dix fois les journaux de la veille, j'ai connu mieux que jamais les ennuis de l'attente.

Pourtant, j'ai entrevu un côté de la véritable vie bucolique, cette vie des champs calme et heureuse, sans heurt, sans secousse même, qui me représenta en un jour l'empreinte du vrai bonheur.

Ah ! le superbe tableau gentiment offert à mes yeux par le va-et-vient incessant des travailleurs distribués çà et là dans les prairies, au milieu des meules de foin.

Et quelle odeur incomparable de foins coupés la brise répandait partout comme une essence de patchouli.

Et quel charme dans la gaieté rieuse des hommes, des femmes, des garçons, des enfants, tous armés de râteaux, de fourches, blaguant quand même sous le grand soleil brillant, subitement apparu le matin.

De loin, je pouvais les suivre des yeux ; il me semblait les entendre geindre sous les fourchées immenses lancées gaillardement et s'abattant en broussailles sur les lourds chariots.

Au crépuscule, dans le cadre lointain formé par les forêts sombres, tous ces groupes champêtres se dorèrent et s'empourprèrent dans les rayons mourants du soleil et je m'attendais à chaque instant à les voir danser comme à l'opéra, tant le spectacle prenait les apparences d'une décoration théâtrale.

J'ai vu une copie du fameux tableau de Millet ; elle ne rendait sûrement pas la moitié de la majestueuse tranquillité et de la beauté sereine de ce crépuscule auquel il ne manquait que l'Angélus.

Et tard dans la soirée, quand l'écho s'accentuait de plus en plus par la brunante, il m'arrivait encore de très loin le bruit mécanique des faucheuses ou les commandements hue ! dia ! des hardis travailleurs.

N'est-ce pas, ce n'est pas la première fois qu'il m'est donné de refaire le tableau inoublié de mes jeunes années, passées comme celles de ces garçonnets de tout à l'heure à manier le râteau derrière les chariots à l'époque des vacances, à gambader follement par-dessus les meules de foin ; mais comme ça m'a pris au cœur, ce jour-là, de me sentir déjà si loin de ce bon vieux temps. Comme il m'a été difficile de m'arracher à ces souvenirs qui l'un après l'autre venaient souffler sur les charbons éteints de mon cœur.

Non, le bonheur n'est pas de ce monde.

L'homme sans cesse tiraillé par des désirs jamais satisfaits n'atteint même que rarement une satisfaction passagère.

C'est la vie d'osciller sans cesse entre deux rêves, et je l'ai bien compris ce soir-là, au retour de mon campement prolongé parmi les « aborigènes ».

J'étais en route, assis à côté du brave agriculteur qui, avec ses voisins, m'avait tout le long du jour donné une idée si parfaite du bonheur bucolique heureusement chanté par Virgile, et pendant que j'enviais presque son indépendance et sa liberté, me plaignant en moi-même des ennuis et des misères de ma profession, j'entendis tout à coup qu'il me disait avec un accent de touchante et sympathique sincérité :

– Vous avez bien de la chance, vous, de gagner de l'argent aussi aisément et de vivre aussi gaiement.

... Et je sentis s'en aller mon rêve de bonheur entrevu : ce n'était pas encore lui.

Loulou

Il y avait longtemps que ça le tentait d'y aller.

Et les soirs de rigolade, à l'occasion des clôtures d'examen, quand il entendait les carabins de dernière année se raconter leurs aventures en pouffant de rire entre eux, lancer des mots drôles, faire toutes sortes d'allusions et de réflexions folichonnes, il ne manquait jamais de se dire : Il faudra pourtant que j'y aille, moi aussi.

Car lui, Robert Renault, avait été élevé dans un coin de terre tranquille où sa jeunesse s'était écoulée heureuse et douce, calme et régulière comme les guérets du pays, loin des tristes choses et des hideurs secrètes des amoncellements de peuple.

Puis, pour faire sa médecine, il s'était tout à coup trouvé transporté dans la ville, au milieu de l'étourdissante turbulence des carabins, ses compagnons.

... Et, il n'y était jamais allé.

Ça lui faisait peur d'abord ; il enveloppait tout le tableau qu'il se figurait dans des pensées d'épouvante et d'horreur, encore grossies par ses imaginations naïves d'écolier. Puis il y avait toujours à propos de prompts retours d'idées chastes qui le retenaient.

Pour le reste, oui, il ne s'en occupait guère, et il s'était vite mis dans le train de vie de l'étudiant : tapant ferme sur ses études, ses cours, sans manquer toutefois les chahuts de commande, les légères godailles improvisées, les tapages organisés les soirs de théâtre. Mais quant à pénétrer dans ces repaires affreux de perdition, à envisager seulement ces mégères qui l'écorcheraient vivant sans doute, lui souffleraient leurs haleines empoisonnées de lépreuses... non, il n'osait pas se décider, effarouché. Il y avait toujours un blanc fantôme d'ange gardien, retenu de son temps de collège, qui s'entêtait à ne pas l'abandonner.

... Un soir cependant, dans l'atmosphère des cigarettes, du cognac brûlé, du scotch, qui embaumait le salon de l'Aurore, il avait senti se fondre insensiblement dans le même nuage les restes flottants de ses scrupules ; et il les avait suivis machinalement... les autres, partis en caravane pour un chahut d'enfer, au dehors puis au dedans de ces maisons lugubres qui dardaient sur l'asphalte des rues leurs flamboyants numéros.

En entrant, il en avait reçu un grand coup dans le cerveau et une sensation de vertige, d'engloutissement final et sans retour l'avait tout à coup secoué : Ces mégères féroces, ces dégoûtantes harpies, à voix rauques, à regards effrontés, qui l'examinaient à travers leurs mauvais rires... oui, tout son grand corps en avait été secoué, et une révolte instinctive le soulevait à chaque instant, comme sous une provocation, devant leurs tutoiements polissons.

Mais bientôt, à côté de celles-ci qui exagéraient à dessein leurs allures canailles et cyniques, il en eut vite remarqué une, très douce, à l'air bon, comme presque honteuse et gênée elle aussi de se trouver là.

Elle ne lui avait point souri, celle-là, ne lui avait pas fait d'agaceries choquantes, et il restait étonné de la voir si tranquille et si réservée. N'osant pas se mêler au tapage que faisaient ses amis il s'était assis auprès d'elle, sans penser.

Et pendant que ses compagnons, avec une insouciance bien de leur âge et de leur état, chantaient, joignaient leurs cris gamins aux apostrophes hardies des filles, lui, tout doucement, s'était mis à lui parler, avec des phrases simples, presque tristes, qui semblaient étranges dans ce milieu de plaisir et de débauche ; il l'avait questionnée avec sympathie.

Et elle, en tenant sur lui son regard grave et surpris, avait répondu à ses questions sur le même ton respectueux. Mais au bout d'un moment, comme prise d'une idée obsédante, en continuant de le regarder en plein dans les yeux comme un être à part :

– Pourquoi ne me tutoyez-vous pas, vous, comme font tous les autres jeunes hommes ?... Est-ce qu'on se gêne avec nous ?...

Robert resta sans réponse ; puis, pour ne rien expliquer, à son tour :

– Pourquoi ne me tutoyez-vous pas, vous non plus ?

Des raisons ils n'en trouvaient point sans doute, car ils s'étaient seulement tus tous deux, sans un mot à ajouter.

Alors, persistant toujours à l'examiner profondément, elle avait repris à la fin.

– Oh ! comme j'aimerais cela de m'entendre parler ainsi, mais s'ils nous écoutaient ils se moqueraient de nous, eux, et elle indiquait les autres, là-bas plus loin... Aussi voulez-vous, nous allons nous tutoyer ? et elle lui disait ça tout bas, pour qu'il comprit bien que c'était pour cette raison-là seulement qu'elle se permettait de le lui demander.

Et ils avaient convenu de continuer de causer avec ce pronom de familiarité qui gardait malgré tout un cachet particulièrement respectueux.

Tout à coup Robert, comme concluant un raisonnement secret, à brûle-pourpoint :

– Alors, pourquoi ne t'en vas-tu pas d'ici ?

– M'en aller d'ici... m'en aller ?... c'est vrai ; mais tu y viens bien, toi, lui répondit-elle simplement, en manière de réponse.

– Moi... oui. – Mais ce n'est pas une raison... C'est que j'ai bien deviné, va, que tu ne ressemblais pas aux autres filles autour de toi... Tu ne parles pas, tu ne regardes pas effrontément comme elles... Pourquoi ne t'en vas-tu donc pas ?...

Oh ! avec quel élan de joie et d'orgueil elle buvait ces singulières paroles de touchante sympathie qui réveillaient chez elle l'affection toujours persistante dans un repli quelconque du cœur de la femme.

Puis y revenant tout de suite à cette conversation, elle reprit avec un air de candeur qui la transformait :

– M'en aller d'ici, dis-tu !... pour redevenir honnête, n'est-ce pas ? va, j'y ai souvent pensé... mais il y a de ces hontes que, nous autres femmes, nous ne saurions jamais plus effacer de notre vie et que nous n'avons point le droit de transmettre ni à un mari, ni surtout à un enfant... Non, toi qui me parles d'une manière si singulière, dis-moi plutôt autre chose... ne réveille pas ces remords...

... Un bruit de danse, de refrains folâtres, arrivait d'à côté. C'étaient les étudiants qui continuaient leur noce, en compagnie.

– Mais tu ne songes donc point à t'amuser, toi, comme tes amis !...

– C'est vrai, répondit Robert, allons les rejoindre... viens-tu ?

Il s'était levé, cherchant à l'entraîner avec lui, mais elle ne voulait pas, désirant le garder à son côté, pour elle seulement. C'était si bon de l'entendre parler.

Alors il se rassit machinalement, comme pour lui obéir, sans savoir.

– Comment t'appelles-tu ?

Elle hésita d'abord, gênée, troublée tout à fait de révéler son nom de bataille dont la mention seule allait déjà lui rappeler son état d'abjection et la rejeter si loin de son rêve délicieux ; mais à la fin tristement :

– Loulou, dit-elle.

– Loulou ?... Loulou ?... Et Robert resta subitement muet et songeur, le regard perdu, l'air absent...

Comme il se levait maintenant, sans rien dire, elle reprenait :

– Pourquoi que ça vous fâche ?... Non, je ne veux pas vous voir partir fâché... insistait-elle en s'attachant à lui.

Mais lui ne voulait pas se rasseoir. Il se dégageait doucement des mains qui le retenaient et il se glissait rapidement au dehors, en se cachant de ses amis...

... Fâché ? Ah ! non, mais ce nom de Loulou, redit dans ce lieu souillé, impur, il s'était habitué à le murmurer à une blonde enfant qu'il avait rencontrée à la vacance passée, et avec laquelle il avait parcouru les prairies de foin et de marguerites de son pays.

Depuis lors ce nom avait continué de bruire en caresse dans ses rêves d'étudiant ; il l'écrivait partout, à coups de crayons hâtifs ou en grosses lettres bizarres, à travers les marges blanches de ses cahiers de notes ; il le murmurait dévotement, comme une évocation à une sainte... puis tout à coup, sans transition, de l'entendre dans ce bouge...

Et tristement il s'en était allé, seul, l'âme désenchantée, seul dans les rues désertes.